标准中文 修订版
STANDARD CHINESE (Revised Edition)
练习册
第二册
WORKBOOK 2

xué xiào
学 校 _____

xìng míng
姓 名 _____

图书在版编目(CIP)数据

标准中文(修订版) 练习册. 第 2 册. A/课程教材研究所编. —北京：人民教育出版社，2007
ISBN 978 – 7 – 107 – 20393 – 0

Ⅰ. 标… Ⅱ. 课… Ⅲ. 汉语—对外汉语教学—习题
Ⅳ. H195.4—44

中国版本图书馆 CIP 数据核字(2007)第 113245 号

人民教育出版社 出版发行
网址：http://www.pep.com.cn
Fax No・861058758877
Tel No・861058758866
北京天宇星印刷厂印装　全国新华书店经销
2007 年 4 月第 1 版　2017 年 5 月第 5 次印刷
开本：890 毫米×1 240 毫米　1/16　印张：2.5
定价：20.00 元
著作权所有・请勿擅用本书制作各类出版物・违者必究
如发现印、装质量问题，影响阅读，请与本社出版部联系调换。
联系地址：北京市海淀区中关村南大街 17 号院 1 号楼　邮编：100081
电话：010 – 58759215　电子邮箱：yzzlfk@ pep.com.cn

前　　言

《标准中文》练习册与《标准中文》课本配套使用，是《标准中文》系列教材的重要组成部分，目的是在课本练习的基础上，给学生提供更多的课外练习，帮助学生复习巩固拼音、生字、词语、基本句以及与课文有关的内容。考虑到课本练习和练习册在性质和功能上的不同，大多数听力、说话练习和互动游戏等，都放在了课本练习中，练习册主要是对基础知识的复习和巩固。

《标准中文》练习册分为A、B本，单数课的练习放在练习册A中，双数课的练习放在练习册B中，便于学生和教师使用。

每课的练习分为A、B、C三面。A面主要是拼音、生字、词语的朗读和书写练习；B面主要是部分生字、词语书写练习的重现和有关基本句的相关练习；C面是扩展练习，包括围绕基本句的互动问答和儿歌、诗歌朗读等内容。A、B、C三面各有侧重，又互相照应，形成一个完整的训练体系。

本次练习册的修订是在听取了广大海外中文教师的意见后进行的，在内容上适当增加了儿歌、绕口令、古诗等阅读材料，力求更加适合海外中文教学和学习的需要。由于编者经验有限，教材中难免有疏漏不当之处，欢迎广大师生批评指正。

参加本书修订的有狄国伟、常志丹、施歌、王世友、田睿、赵晓非，责任编辑狄国伟，审稿赵晓非、吕达，插图制作心合工作室。

课程教材研究所
对外汉语课程教材研究开发中心
2007年4月

目 录

1 去迪士尼乐园玩 ……………… 1

3 送你一件礼物 ………………… 4

5 新来的同学 …………………… 7

7 我的课程表 …………………… 10

9 打电话 ………………………… 13

11 我爱过万圣节 ………………… 16

13 月亮弯弯的 …………………… 19

15 我看到蓝色的海水 …………… 22

17 生日晚会几点开始 …………… 25

19 我们一起去书店，好吗 ……… 28

21 那只小狗非常可爱 …………… 31

23 海里的动物 …………………… 34

1 去迪士尼乐园玩

一、连一连，读一读。

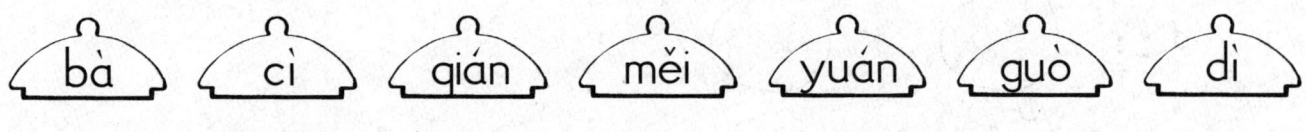

二、看一看，写一写。

园		爸		以	
前		过		第	
次		美			

三、涂一涂，读一读。

暑假 shǔjià shūjià　　旅游 lùyóu lǚyóu

以前 yǐqián yíjiàn　　第一 dǐyī dìyī

一、照 样 子，写 汉 字。

口： 园　国

辶：

氵：

二、照 样 子 选 笔 画，再 组 成 词 语。

园，第5画是（一　丿✓），可以组成（动物园）。

第，第7画是（一　㇀），可以组成（　　　）。

前，最后一画是（亅　丨），可以组成（　　　）。

三、将 两 句 话 合 成 一 句 话。

1. 大卫到操场。大卫打篮球。
   <u>大卫到操场打篮球。</u>

2. 农民到地里。农民种花生。
   _____

3. 爸爸去北京。爸爸旅游。
   _____

4. 妈妈来学校。妈妈看我。
   _____

一、排一排，读一读。

1.  美　真　中国

2.  游乐园　我们　玩　了　去

3.  第二次　去　是　我　上海　这

二、读下面的对话，然后找同学或家长表演。

A：妈妈，我可能要晚些回家。

B：有什么事吗？

A：我们的中文老师病了，我想和几个同学一块儿去看看她。

B：好吧，向你们老师问好。早去早回。

3 送(sòng)你(nǐ)一(yī)件(jiàn)礼(lǐ)物(wù)

一、填(tián)空(kòng)，再(zài)读(dú)一(yī)读(dú)。

（ sòng ）一个玩具　　　　（ huí ）来

生日（ lǐ wù ）　　　　（ mǎi ）了一本书

三（ zhī ）小鸟　　　　（ fàng ）风筝

二、数(shǔ)一(yī)数(shǔ)，填(tián)一(yī)填(tián)。

回　放　只　物　礼　买

5画：只

6画：

8画：

三、选(xuǎn)词(cí)填(tián)空(kòng)，再(zài)读(dú)一(yī)读(dú)。

送　带　放

1. 昨天爸爸_____给我一个布娃娃。

2. 这个玩具小汽车是我从北京_____来的。

3. 下课后我们去河边_____风筝吧！

一、读一读，记一记。

送——送礼物　送水果　送牛奶

回来——吃饭回来　打球回来　带回来

漂亮——漂亮的风筝　漂亮的书包　漂亮的小狗

二、看一看，写一写。

送			件			礼		
物			回			买		
只			放					

三、照样子，把句子补充完整。

1.

| 我送 | 小云

我的同学 | 一本书。

_____。

一个苹果。 |

2.

| 他问 | 老师

妈妈 | 那个男孩儿叫什么。

_____。

最喜欢吃什么水果。 |

一、连一连，组词语。

礼　　筝　　　　回　　学

金　　物　　　　漂　　亮

风　　鱼　　　　放　　来

二、读一读，背一背。

竹做的骨头纸做的翅膀，

风儿送它们飞到天上。

我们在地上又笑又跑，

风筝在天上越飞越高。

5 新来的同学

一、数一数,把笔画数相同的字连起来。

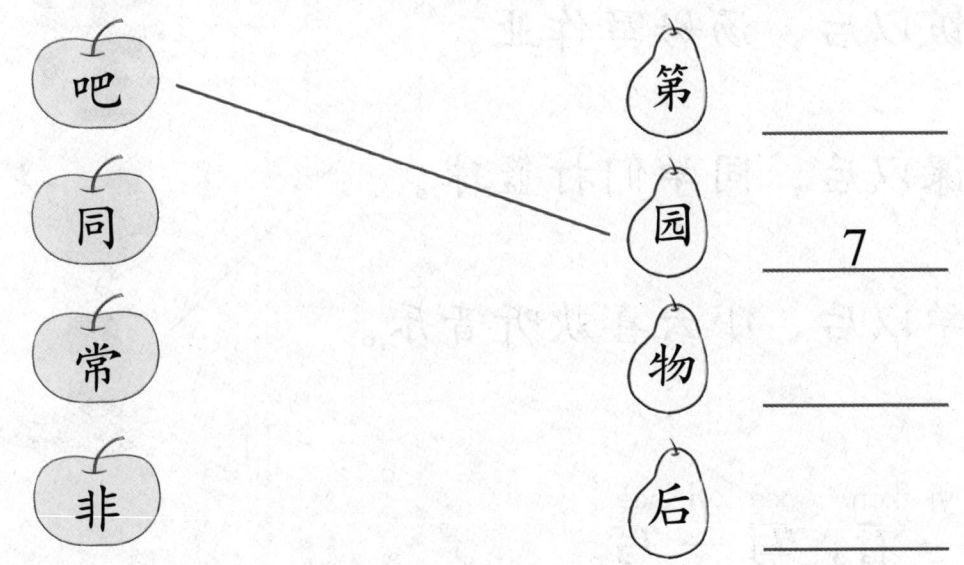

二、看一看,写一写。

新			同			吧		
喜			非			常		
课			后					

三、填一填,读一读。

非常（　　） 非常（　　）

非常（　　） 非常（　　）

非常（　　） 非常（　　） 非常（　　）

zhào yàng zi   lián yì lián   dú yi dú
一、照样子，连一连，读一读。

吃饭以后，汤姆写作业。

下课以后，同学们打篮球。

放学以后，小云喜欢听音乐。

kàn yi kàn   xiě yi xiě
二、看一看，写一写。

| 新 | | | 同 | | | 喜 | | |
| 非 | | | 常 | | | 课 | | |

kàn tú   wán chéng jù zi
三、看图，完成句子。

1. 那是小云吧？是的，_____。

2. 那是小云的爸爸吧？是的，
_____。

3. 那是小云的妈妈吧？不，
_____。她是小云的老师。

一、写出带有"口"的字。

口 ——

二、看拼音，写词语。

fēi cháng　　xǐ huan　　yǐ hòu

huān yíng　　xīn tóng xué

三、读一读，背一背。

花儿喜欢太阳，

花儿在阳光下开放。

鸟儿喜欢蓝天，

鸟儿在天空中飞翔。

7 我的课程表
<small>wǒ de kè chéng biǎo</small>

一、看准声调符号,读准字音。
<small>kàn zhǔn shēng diào fú hào, dú zhǔn zì yīn</small>

英语（yīng yǔ）　艺术（yì shù）　科学（kē xué）　体育（tǐ yù）

二、看一看,写一写。
<small>kàn yi kàn, xiě yi xiě</small>

英			语			艺		
术			科			学		
体			育					

三、读一读,比一比有什么不同。
<small>dú yi dú, bǐ yi bǐ yǒu shén me bù tóng</small>

一　第一　　　　二　第二

三　第三　　　　四　第四

五　第五　　　　六　第六

七　第七　　　　八　第八

九　第九　　　　十　第十

一、看一看，写一写。

英　　　　艺　　　　科
体　　　　育

二、连一连，读一读。

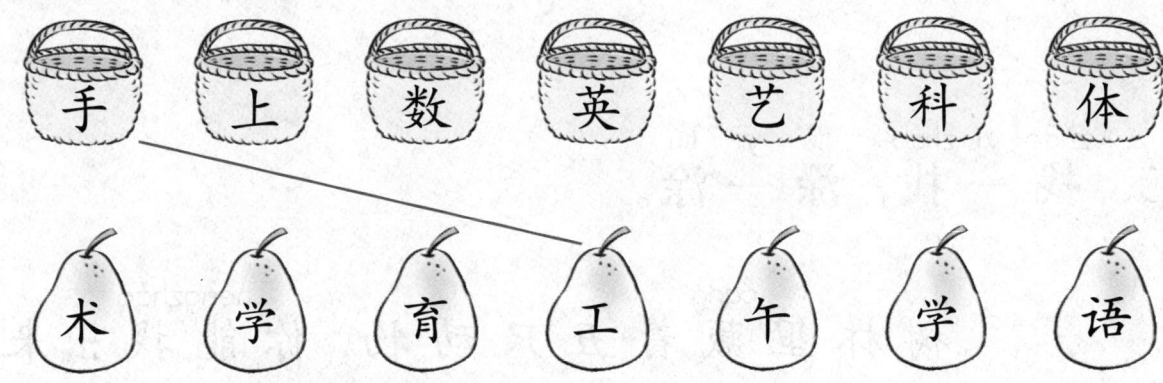

三、照样子组成句子，再加上标点。

例：上午　明天　科学课　吧　有

明天上午有科学课吧？

1. 最　大卫　中文课　喜欢

_____

2. 白老师　得　教　好极了

_____

3. 下午　第一　今天　节　体育课　吗　是

_____

一、看拼音，写词语。

shǒu gōng　　　　shù xué　　　　yīng yǔ

kē xué　　　　tǐ yù　　　　kè chéng biǎo

二、找一找，涂一涂。

树林里藏着五只动物，你能找出来吗？请给找到的动物涂上颜色。

9 打电话

一、照样子，选笔画数。

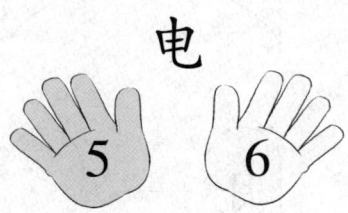

二、描一描，写一写。

电		话		问	
明		星		期	
到		定			

三、读一读，记一记。

星期六　　上午九点

星期天　　下午一点

星期一　　中午十二点

　　　　　zhào yàng zi　lián yì lián　xiě yì xiě
一、照样子，连一连，写一写。

日　月　→　明　　　宀　足　→　○

讠　舌　→　○　　　其　月　→　○

　　　　tián kòng　zài dú yì dú
二、填空，再读一读。

　　　dián
六（　　）　　　　打（电话）
　　　　　　　　　　　diàn huà

　　wèn
请（　　）　　　　（星期）三
　　　　　　　　　　xīng qī

　　　　kàn rì lì　shuō yì shuō
三、看日历，说一说。

今天是星期六，　　　　今天是_____，

明天是_____。　　　明天是_____。

一、回答问题。
　　_{huí dá wèn tí}

　　1. 你几点上学？几点放学？

　　　_____

　　2. 星期几有中文课？

　　　_____

二、读一读。
　　_{dú yi dú}

　　大卫：喂，你好！

　　明明：请问是大卫吗？

　　大卫：我就是。你是谁？

　　明明：我是明明。明天是星期六，我们一起打篮球，好吗？

　　大卫：好啊！几点到学校？

　　明明：下午三点。

　　大卫：好，我明天下午一定去。再见！

　　明明：明天见！

11 我爱过万圣节

一、找一找,写一写。

星 您 欢 最 她 思 对 要

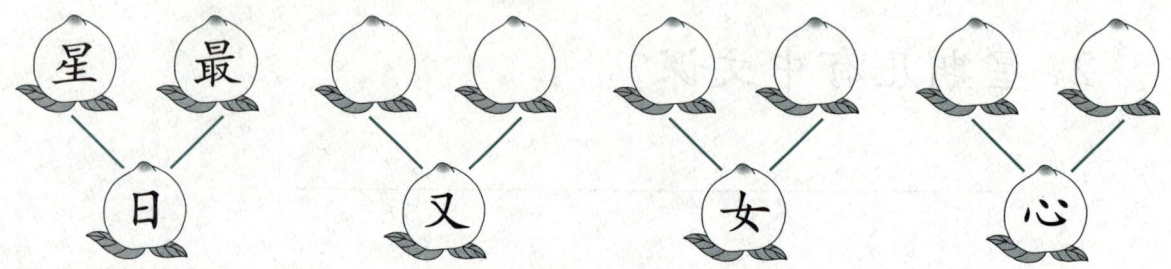

二、描一描,写一写。

号			月			意		
思			对			孩		
要			最					

三、看日历,读一读。

1. 今天是2月18号,星期天。   2. _____

3. _____   4. _____

一、<ruby>连一连<rt>lián yì lián</rt></ruby>，<ruby>读一读<rt>dú yi dú</rt></ruby>。

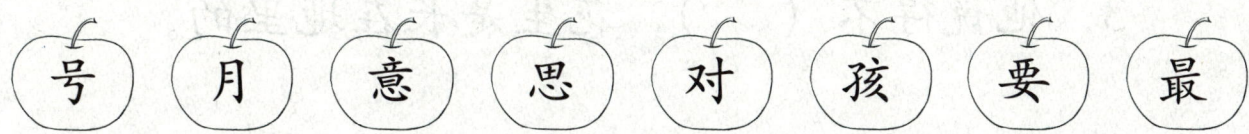

二、<ruby>把词语组成句子，再加上标点写下来<rt>bǎ cí yǔ zǔ chéng jù zi zài jiā shàng biāo diǎn xiě xià lái</rt></ruby>。

1. 最 看 爱 你 书 什 么

　　_____

2. 你 我 给 打 可 以 电 话

　　_____

三、<ruby>回答问题<rt>huí dá wèn tí</rt></ruby>。

1. 今天几号？

2. 星期天是几号？

3. 你爱过什么节日？

一、填一填，读一读。

1. 那本书真（yǒu　）（yì　）（sī　）啊！

2. 妈妈（zuì　）喜欢吃的水果是西瓜。

3. 他说得不（duì　），花生是长在地里的。

二、读一读。

小云：你的生日是几月几号？

大卫：我的生日是3月6号。你呢？

小云：我的生日是8月12号。

大卫：今天是8月9号，你的生日快到了！

小云：对，到时候你来我家玩吧。

大卫：好啊！我可以吃到生日蛋糕（dàngāo）了。

13 月亮弯弯的
yuè liang wān wān de

一、找帽子。
zhǎo mào zi

二、连一连，读一读。
lián yi lián， dú yi dú

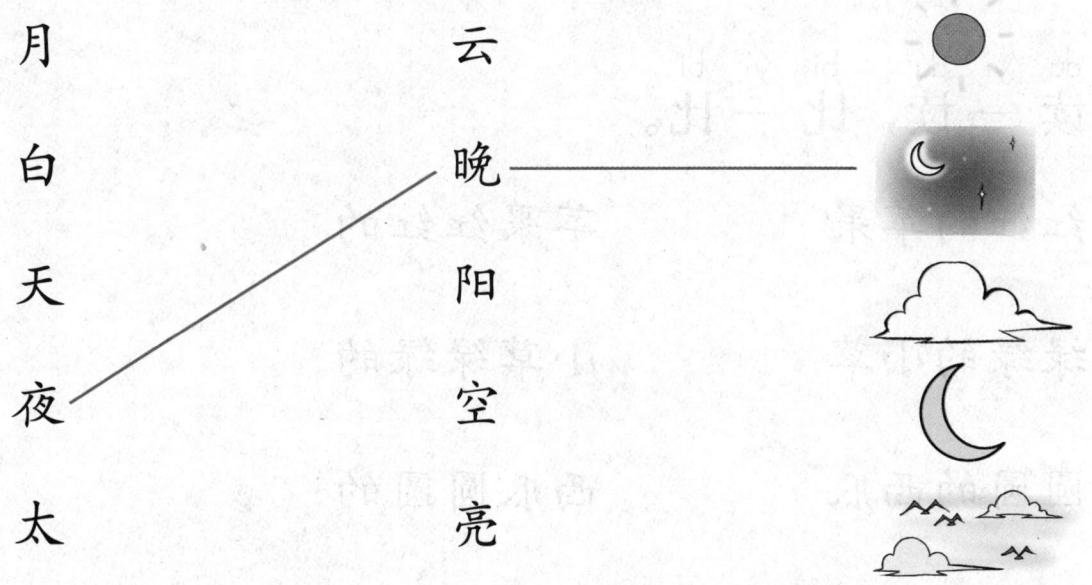

三、给结构相同的字涂上同一种颜色。
gěi jié gòu xiāng tóng de zì tú shàng tóng yì zhǒng yán sè

kàn yi kàn　xiě yi xiě
一、看一看，写一写。

朵				动			
空				夜			
圆			

zhào yàng zi　zǔ cí yǔ
二、照样子，组词语。

亮（月亮）　　　　　空（　　）

晚（　　）　　　　　星（　　）

dú yi dú　bǐ yi bǐ
三、读一读，比一比。

红红的苹果　　　苹果红红的

绿绿的小草　　　小草绿绿的

圆圆的西瓜　　　西瓜圆圆的

长长的铅笔　　　铅笔长长的

一、读拼音，写词语。

tiān kōng　　　　bái yún　　　　yè wǎn　　　　xīng xing

二、读一读，猜一猜。

有时落在山腰，
　luò　　　yāo

有时挂在树梢。
　guà　　shāo

有时像个圆盘，
　　　　　pán

有时像把镰刀。
　　　　lián

15 我看到蓝色的海水

一、看一看，写一写。

海			远			于		
处			正			行		
飞			坐					

二、数一数，连一连。

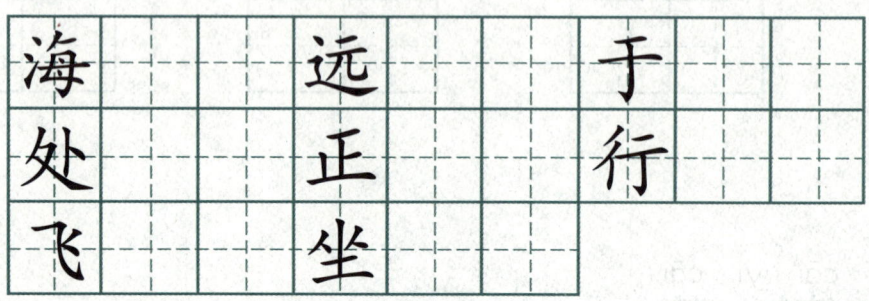

三、读一读，涂一涂。

蓝色的海水

白色的浪花

绿色的草地

红色的花朵

一、xiǎng yi xiǎng, xiě yi xiě。

二、lián yi lián, dú yi dú。

三、kàn tú, dú jù zi。

1. 教室里有老师，还有学生。

2. 桌子上有面条儿，还有米饭。

3. 天空中有月亮，还有星星。

4. 远处有大轮船，还有小帆船。

23

一、pái yì pái 排一排，dú yì dú 读一读。

1.  小云　大海　终于　见到了

2.  真正的　彩虹　这　是

3.  有　那边　海鸥　很多

4.  去　教室　一会儿　王老师

二、dú yì dú 读一读。

蓝天盖(gài)着大海，
黑水托(tuō)着孤舟(gū zhōu)，
远看不见山，
那天边只有云头，
也看不见树，
那水上只有海鸥……

17 生日晚会几点开始
shēng rì wǎn huì jǐ diǎn kāi shǐ

一、看一看，写一写。
kàn yi kàn， xiě yi xiě

日				参				加			
半				时				祝			
谢				歌							

二、连一连，读一读。
lián yi lián， dú yi dú

半　　bān　　　　谢　　xiē　　　　歌　　gē

班　　bàn　　　　些　　xiě　　　　个　　gè

三、填一填，读一读。
tián yi tián， dú yi dú

1.

　　参　加　　　　乡

2.

　　个　　准

3.

 你快乐　　　 在北京

一、看一看，写一写。

| 参 | | | | 祝 | | | |
| 谢 | | | | 歌 | | | |

二、照样子，组字。

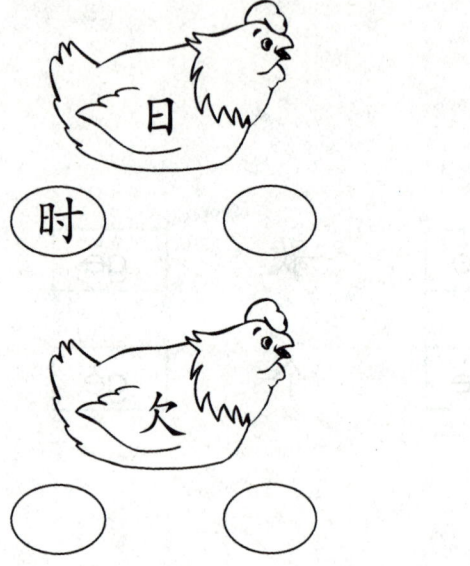

三、看图，说一句话。

1.　　　　　　　　　明明八点半上课。

2.　　　　　　　　　_____

3.　　　　　　　　　_____

lián yi lián　dú yi dú
一、连一连，读一读。

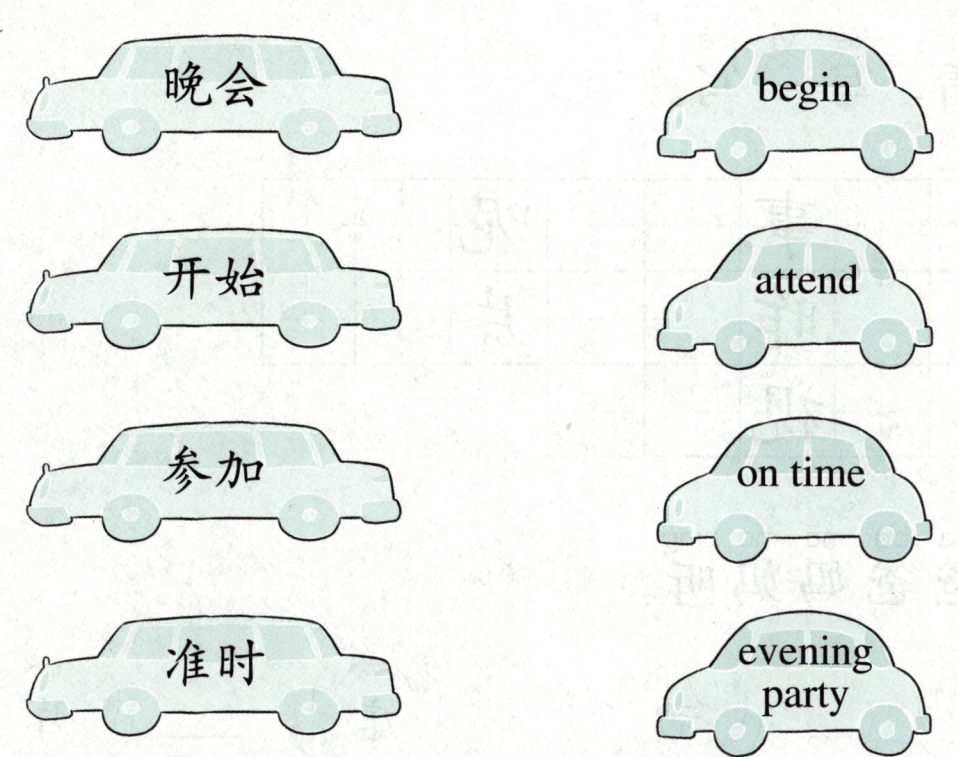

kàn tú　wán chéng jù zi
二、看图，完成句子。

今天，朋友们来参加我的＿＿＿＿＿。他们送给我很多＿＿＿＿＿，还为我唱了＿＿＿＿＿，大家都祝我＿＿＿＿＿。我非常开心。

27

19 我们一起去书店，好吗

一、看一看，写一写。

店		事		呢	
画		昨		片	
故		视			

二、读给爸爸妈妈听。

童 —— 动 　　店 —— 片

等 —— 能 　　故 —— 祝

三、选一选，写下来。

昨 作 　　祝 视 　　店 后

（ ）天 　　电（ ） 　　书（ ）

B

一、数笔画，填一填。

店，共（8）画，第4画是（丨）。

事，共（　）画，第8画是（　）。

画，共（　）画，第7画是（　）。

片，共（　）画，第3画是（　）。

二、写一写，读一读。

zuó tiān		diàn shì		gù shi shū		

míng tiān		diàn huà		dòng huà piàn		

三、连一连，说一说。

我和小云一起	看　　游戏
	做　　电视
	回　　画儿
	画　　家

一、排一排，读一读。

1.  下午 三点半 放学 明天

2.  去 书店 买 他们 书

3. 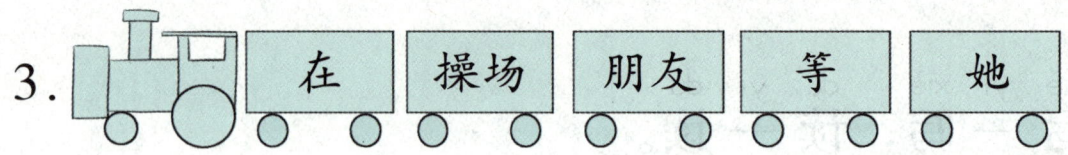 在 操场 朋友 等 她

4.  也 参加 想 生日 晚会 我

二、回答问题。

1. 你有什么书？
2. 你喜欢看哪本书？
3. 你去过哪个书店？
4. 你想买什么书？

21 那只小狗非常可爱
nà zhī xiǎo gǒu fēi cháng kě ài

一、读给爸爸妈妈听。
dú gěi bà ba mā ma tīng

gǒu — gāo　　　shuí — shuì

xìng — xìn　　　jiào — qiào

hēi — huī　　　shù — shǔ

二、看一看，写一写。
kàn yí kàn, xiě yì xiě

狗				黑			
树				谁			

三、看拼音，读词语。
kàn pīn yīn, dú cí yǔ

| shuìjiào | tèbié | báisè | hēisè | hǎowán |

四、爸爸妈妈读，我来找。
bà ba mā ma dú, wǒ lái zhǎo

白色　黑色　睡觉　可爱
特别　非常　高兴　好玩

一、数一数,填一填。

高,(　　)画。　　　　睡,(　　)画。

兴,(　　)画。　　　　觉,(　　)画。

黑,(　　)画。　　　　树,(　　)画。

二、换一换。

例:大卫的身体很健康。→大卫的身体非常健康。

1. 手工课很有意思。

2. 那些红花很美丽。

3. 那种水果很好吃。

4. 森林中的空气很新鲜。

三、读一读。

1. 你说的是哪一只,白色的还是黑色的?

   你喜欢吃什么,米饭还是面条儿?

2. 它们玩得多高兴呀!

   大卫笑得多开心呀!

3. 它在大树下睡觉呢!

   小云在教室写作业呢!

一、xué yī xué, jì yī jì
学一学,记一记。

白色	báisè	white
黑色	hēisè	black
红色	hóngsè	red
绿色	lǜsè	green
黄色	huángsè	yellow
蓝色	lánsè	blue

二、dú yī dú, tú yī tú
读一读,涂一涂。

两只小狗,一只是黑色的,一只是白色的。它们在一起玩得很高兴。一只小花猫,它不和小狗们一起玩,它在大树下睡觉呢。

23 海里的动物 (hǎi li de dòng wù)

一、读一读，比一比。(dú yi dú, bǐ yi bǐ)

洋 — 样　　颜 — 演　　睡 — 谁

极 — 几　　星 — 兴　　争 — 正

二、看一看，写一写。(kàn yi kàn, xiě yi xiě)

洋				极			
表				各			

三、连一连，读一读。(lián yi lián, dú yi dú)

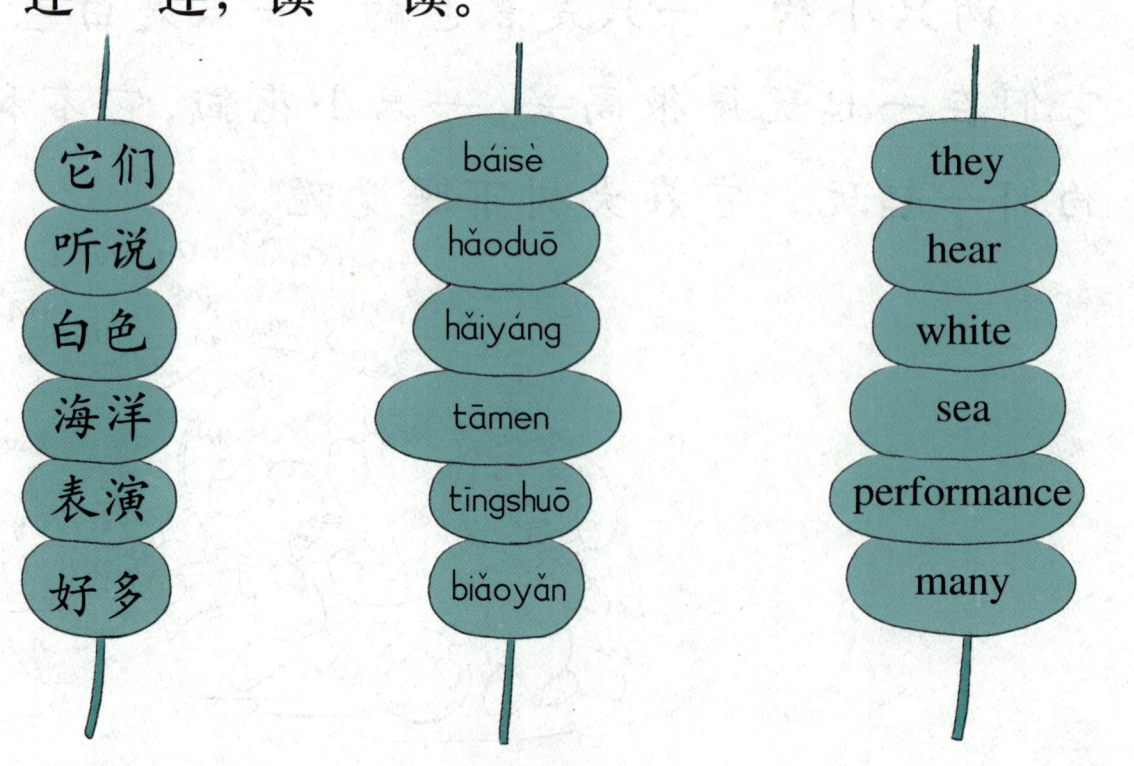

34

一、xiě yì xiě　dú yì dú
写一写,读一读。

木 羊　　氵 寅　　口 阿　　彦 页

二、kàn pīn yīn tián kòng　zài dú yì dú
看拼音填空,再读一读。

海(yáng)　　听(shuō)　　五(yán)六色

(tā)们　　表(yǎn)　　(gè)种(gè yàng)

三、huàn yi huàn　dú yì dú
换一换,读一读。

1. | 海伦 | 最 | 漂亮。|
   | 小云 | | 可爱。|
   | 大卫 | | 高兴。|

2. | 大卫 | 最喜欢 | 长颈鹿。|
   | 海伦 | | 大象。 |
   | 小云 | | 羚羊。 |

一、照样子，再写几个。

氵：| 洋 | 演 | | | | |

木：| 样 | 极 | | | | |

二、猜一猜。

小时穿黑衣，

长大穿绿袍。

水里过日子，

岸上来睡觉。